Дмитро Грузінський
Андрій Петренко

УКРАЇНСЬКЕ «БУДЕННЯ» 22–24

Дніпро | **ЛІРА** | 2024

УДК 821.161.2'06-1
Г 90

Грузінський Д.

Г 90 Українське «будення» 22–24: поетична збірка лірико-публіцистичних творів. – Дніпро: ЛІРА, 2024. – 84 с.

ISBN 978-966-981-889-8

Стислий концентрований опис сьогодення для позитивних цинічних інтелектуалів.

Ця різноманітна за тематичною спрямованістю поетична збірочка спонтанно народилася на тлі безмежного обурення від нахабного московського вторгнення тим лютим з усякого погляду ранком. А розумово-понятійна прірва між родичами сусідніх країн стала вирішальним поштовхом для письмового роз'яснення нашої української позиції. Щоб зняти полуду з учорашньої рідні, обдерти їхній інфантилізм і видрати з диких обіймів зручних геополітичних теорій змов, автору довелося опуститися до рівня найпростіших аналогій у банальних побутових ситуаціях. Першим за написанням і центральним твором стала байка про звірів, написана українською і російською мовами з метою охоплення більшого кола читачів для їхньої зручності та зацікавленості надалі, які, прочитавши ближчий для сприйняття варіант, можуть зануритись і згодом «розібратись» з іншим. Тому обидва тексти майже ідентичні за змістом, але не є сухим перекладом. До того ж для розширення кругозору читачів і зміцнення їхнього почуття гумору автор дозволив собі описати риси, притаманні всім зодіакальним знакам, виключно на основі особистого життєвого досвіду, без наміру когось образити. Також означено час та дату написання кожного твору для чіткого розуміння особливостей творчого процесу.

Байкам передують чотирнадцять злободенних віршів для чутливих, розумних та чуйних людей. І також гімн післявоєнної країни. А завдяки відомому сучасному українському карикатуристу Андрію Петренку автору вдалося повніше розкрити читачеві свої літературні задуми. Яскраві дотепні малюнки додали смаку сумним, але влучним виразам та образам. А *буденні* теми нашого *сьогодення* створили неологізм – «*будення*».

УДК 821.161.2'06-1

ISBN 978-966-981-889-8

Автор **Дмитро Грузінський**
Художник **Андрій Петренко**

Українське «БУДЕННЯ» 22–24

Перша поетична збірочка лірико-публіцистичних творів

No fire

У Свиней горіла хата,
Грошей було малувато,
Щоб пожежу загасити,
Треба в когось попросити.
А грошей не вистачало,
Бо всі Свині дома крали,
Кожен головний кабан
Думав, що назавжди пан.
Ненаситно
У два горла їв,
Ще й підтягував кумів
До корита головного,
Найогидніших з кнурів.
Хоч Свиней застерігали,
З неба ж видно все Орланам,
Що вогонь уже летить
Від Ведмедя, все димить
Під парканом у Свині,
Та вона волала: «НІ»,
Бо нема передумов,
Навіть назбирати дров
Треба до травневих днів,

Щоб підсмажить жолудів,
І тримати осторонь
Все, чим гаситься вогонь.
Та сараї запалали,
Як птахи й попереджали.
Сміливіші вже юрбою
Заливають все водою,
Хоч горять, воняє салом,
Свині сильні, їх немало.
Хто не вірив у пожежу, –
Вогнеборницьку одежу
Стали гордо одягати
І в сусідів вимагати
Все, що треба їм надати,
Бо згорять і їхні хати,
Як не стримають стихію
У своєму дворі Свині.
Хто відро, хто води пляшку,
Вогнегасники, баклажки...
Хто чим може на Селі
Нашій головній Свині
Стали всім допомагати,
Та в порядку щоб тримати
Весь пожежний інвентар,
Дав Орлан Білоголовий
Свій напутній коментар:

«Прибирайте із хлівів
Ненажерливих чортів,
Що жирують серед вас,
Хоч вогонь іще не згас,
Наживаються на всьому
Свинорили невгамовні,
Ще й шушукають сусідськи
Із Ведмедем, що по-свинськи
Підпалив усе в окрузі,
Розмовляють наче друзі,
Поки гасять всі багаття,
І єднаються як браття,
Бо на згарищі в труні
Не врятують гроші, ні!
А інакше самотужки...»
А в Свиней – діряві кружки
Прогнили за всі роки
У багнюці, навіки.
В вогнегасниках – лиш пил,
Воду смокчуть п'ять – шість рил,
Як не в себе заливають,
Бо погано Світ цей знають –
Скотобійня всіх рівняє,
В гаманцях не залишає
Ні води, ні жолудів.
Розпитали б у дідів...

Та спокійний старший Свин,
Хоч горить у нього тин,
Він нічого не міняє,
Просто у трагічність грає.
От така от зараз роль:
Незмінна свита і король.
Ще й не кращого ґатунку,
Їх турбують лише шлунки.
Там зібрались лише «свині»,
Більшість Свиней в тому винні.
От тепер-то будуть знати,
Як з балету обирати
У пожежники собі артистів
І других «спеціалістів».

***

Зараз є лише надія,
Вогneборці що є сильні,
Хоч обпечені вже всі,
Та незламні і прямі,
З іклами, як вепри дикі,
Хай повернуться усі!
От тоді-то, може, вийде
Стати центром у Селі...

17:00–21:30 **24.12.2023**

Arestophanes

Лікар всіляких наук «Арестотель»,
Володар істини й знавець всього
Всюди «кохав» устромити свій шнобель,
Боготворіть і шануйте його.
Хоч він навчався скрізь потрошку
Й в ультрарадикалів був,
Де малороскую окрошку
Хтось йому у тім'я впнув.
Знає все, у гузно лазив –
Бачив серце, все й одразу.
Ладу мало лиш від того,
Що губи бантиком у нього,
Домогосподарок, може,
Й заспокоїть, допоможе
Зубочисток шарудіння
І мегасекретне його шепотіння,
Тихий нейролінгвістичний свист,
Що не робить кращим зміст.
Щоб сподобатись усім
Спецагенту 007,
Треба два або три рази
Побувати у спецназі,

Щоб навчали днів п'ять – шість
Всі очільники МІ6,
Тридцять три рази в тилах
По колчаківських фронтах,
І за «лєнточку» в Ізраїль –
Гріти пузце на пляжах.
А звання з зірками мчать,
Ростуть швидко на плечах.
Все у нього це було,
По життю його «несло»,
На дуді тільки хіба що...
Музикантам повезло,
На відміну від акторів,
Волонтерів, матадорів,
Полководських всезнавців
І ютюбівських зайців,
Що розвішували вуха
Кожен вечір його слухать
Заспокійливе снодійне,
Тому стало дуже дивно,
Як з вершин всіх цих досягнень
З повними очима прагнень
Статський позаштатний радник
На Мангеттен, як в курятник,
Із мільйоном полетів?
Кращій з січових синів,

Щоб там стати пересічним
Псевдошарієм класичним і
звичайним втікачем,
Хутко зник й став овочем.

***

Йшовши до успіху, улюбленець долі,
Майбутній президент СРСР,
Історик, в'язень своїх ролей,
Отак-от взяв і все...

20:00-23:45. **07.01.2024**

No more

Діти скучили за морем,
Південь вимер в одну мить –
Ще й таке в країні горе,
Всім батькам душа болить.
М'яко кажучи, набридло
В цьому стресі людям жить,
В батальйон «*МОНАКО*» дітям
Всім навряд чи поступить.
Лише згадки, старі фото
Колихають в голові:
Хвилі, чайки, сіль і сонце –
Є ще море на Землі?
Жити важко всім без нього,
Боляче, немов хвоста
Ті моря нам відрізали
По кусочку, непроста
У дітей у наших доля –
Бомбосховище й назад,

Дітям хочеться на волю,
Повернувсь би Божий лад.
Всіх до моря випихає
Голосне виття сирен,
Всі як можуть виживають,
Творять радість кожен день
Із усього, що попало
Їм під руку, що ж робить?
Як страшні ракетні муки
Їм доводиться терпіть.
Як розчавить їх майбутнє
Дистанційний цей «онлайн»,
Бо щоденно направляє
З півночі нам свій комбайн
Дружній, братський визволитель –
Рятівник земель слов'ян,
Не для жнив, а через дуло

Нам насаджує бур'ян.
Недостатньо їм, напевно,
Для колючих будяків
Їх безкрайніх суходолів –
Шлють насіння для ланів
Наших жовтих і родючих,
Найпрекрасніших садів,
Виривають із корінням
Наших славних козаків
Тракторами ZVO
Агрономи СВО.
Сіє, віє, посіває
Нафтодоларове Зло.

***

Сльози, сум, дитяче горе
Упирям не пережить.
Гріх великий – дітям море
Взять отак і відмінить!

10:00–14:00 **29.01.2024**

www.ingramcontent.com/pod-product-compliance
Lightning Source LLC
LaVergne TN
LVHW020035170826
845678LV00001B/258

* 9 7 8 9 6 6 9 8 1 8 8 9 8 *

Саша, Вова и ружьё,
Хоть и ржавое оно,
Но соседи всё равно
Отчего-то их боялись.
Никогда не проверяли,
Как оно вообще? Стреляет?
Силы их никто не знает,
Слышали лишь после водки
Их бахвальство, что, мол, ловки
Были в юности они,
А теперь их разбери...
Вот и стали разбираться,
Потихоньку просыпаться,
И на девичьи призывы
Много острого вручили
Ей, чтоб силы уравнять –
Тут же принялись верзилы
Вмиг сознание терять,
Пацанам мораль давая –
Наглый в жизни должен знать:
Слабых пару раз обидел,
Безнаказанно отнял
Что-нибудь у милой леди –
Всё, готовься, ты пропал!

08:30–17:30 **30.01.2024**

У подъезда ощущать.
Вот решили наказать,
И одним февральским утром
Спящую тихонько «взять».
Ей об этом говорили,
Шокер чтоб с собой носила,
Карате или кунг-фу, но...
Беспомощно в снегу
Уж лежит, не понимая,
Как так нагло нападают?!
Требуют любить лишь их,
Потому что есть у них
Много денег на сберкнижке
И красивы были слишком
В юности былой дедЫ.
Дерзостью своей беды
И накликала дивчина,
Независимая сильно:
«Интересно, ведь мужчины
И другие ходят мимо».
Жизнь у юных впереди...
Не-е-ет, красотка, погоди!
Требуют не защищаться,
А в объятья к ним отдаться
Двое дебоширов местных,
Выпьют и буянят вместе,

No love

Если вышли вы во двор,
А навстречу бежит вор
И насильник нападает,
Дружно вору помогая,
Вас заставить их любить,
Даже... Вместе с ними жить!
То готовой к их напору
Следовало бы Вам быть.
Ведь давно в одном подъезде
Вы живёте с ними вместе,
И они хотят ЛЮБВИ!
Поцелуй их, обними.
Наплевать, что ты свободна –
В тридцать с лишним
Тебе можно
С кем угодно флиртовать...
Стариканам не понять
Инстаграмов, интернетов –
Живут прошлым. И вот, это
Стало дряхлых раздражать,
Ощутили, что терять
Начали с косой соседку,
Взгляды её стали редко

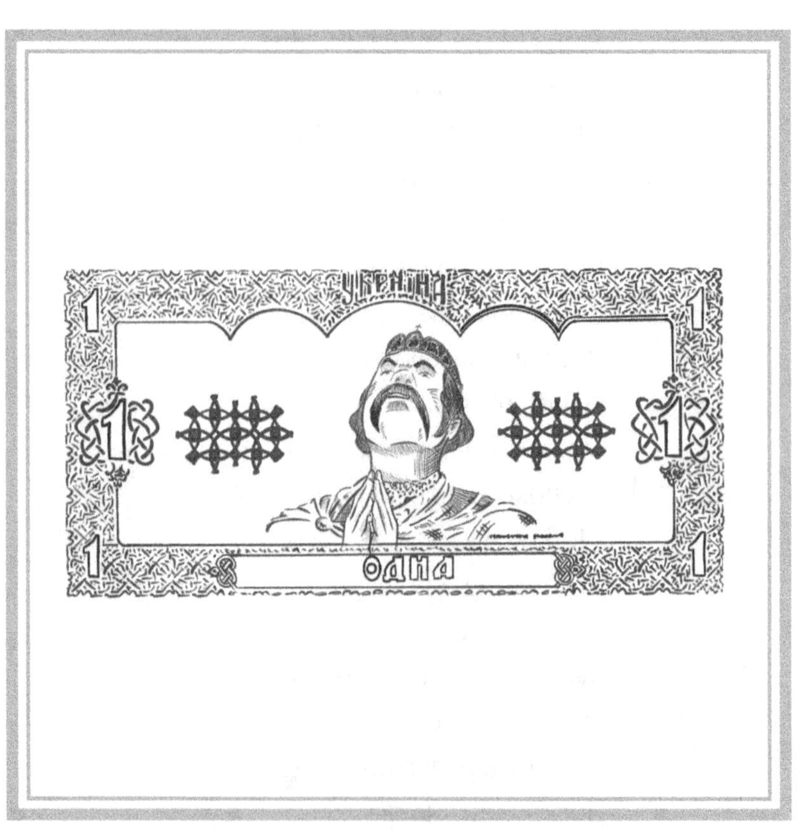
УКРАЇНА
1
1
1
1
1
1
ОДНА

Don’t lose
(не проґав!)

Якщо вам без підготовки,
Досвіду не маючи,
Швидко вилізти «нагору»
Радісно і сяючи –
Від емоцій розпирає,
Все нутро палаючи,
Карколомний успіх скаче,
В голові блукаючи.
Й що робити з тою владой,
Зовсім геть не знаючи, –
Заспокоїтись вам треба,
Щоб не луснуть, граючи.
Аби вас не «понесло»,
По життю сковзаючи,
Зупиніться, схаменіться,
Очі закриваючи.
Слухайте розумних дядь,
Досконало знаючих,
Що робити правильніше,
Інтелект вживаючи,
А не кума будь-якого,
Тупо озираючись,

Замість навчених людей,
Фахівців звільняючи.
Не вважать за бовдурів,
Посмішку ховаючи,
Всіх людей, що критикують,
Погляд відвертаючи.
І тим більш себе царем,
Марно уявляючи,
Стисніть голову сильніш,
У руках тримаючи.
Ви ж не геній зовсім, так?
Правді в очі кажучи...
Без потрібної освіти,
Все життя кривляючись.
Тому треба по уму,
Нерви не включаючи,
Працювати день і ніч,
Дурість вимикаючи.
І зібратись, гартуватись,
Долю прославляючи,
Щоб робити краще людям:
«Треба що?» – взнаваючи.
А не відвернутись вмить,
Довіру витрачаючи,
Думати: «Ось головне», –
Серіал знімаючи.

Ні на кого не давити,
З усіма єднаючись,
Але злих, нещирих, звісно,
Від себе відганяючи,
Щоб країну не програти,
На війні стріляючи.
І залишишся в книжках
Добрим словом, плачучи,
Будуть згадувать тебе
Всі нащадки, кажучи:
«Ясне сонечко зійшло,
Ворогів караючи!»

***

«Заслужили кращу долю?» –
У небес питаючи,
Українці переможуть,
Господа благаючи...

21.30–23.30 **30.01.2024**

No roads

Як же допекли дороги,
Їх відсутність рве нутро,
Кожен день нова рельєфність,
Точних карт нема давно.
Не запам'ятать фарватер,
Може хижий екскаватор
Робить ями ті вночі?
Ловим їх, б'ємо колеса,
Хоть ти плач і хоч кричи.
Ще й за рік до ZVO
Нам зламали, як на зло,
Всі мости через річки,
Щоб жінкам і ухилянтам
До Європи не втекти.
Для «монгольської» ж Орди
Збудували автобани –
Це дурдом, як не крути...
І не треба в цім винити
Війни, сніг, метеорити,
Так було завжди, лиш гірше
З кожним роком, навіть швидше.
Наче десь там щось і роблять,

100
P

Грошей тьма комусь летить,
Але нас це не обходить,
Нам, на решті територій,
Шлях хороший не грозить.
Хіба той, що будував,
Ходив пішки чи літав?
На дорогах «заробивши»,
Свій Бугатті не вбивав?
І оця незрозумілість
Бісить всіх: «Чиновник! Гей!
Та коли ж воно настане?»
Все, от, не як у людей...

* * *

Хутко – в «Таврію» міністрів,
З президентом за кермом,
І відвідати Р10 –
Перекинутись гуртом.

21:45–23:25 **01.02.2024**

7

Чому найважливіше для шляху земного –
Зустріти собі рідного близького?
По духу, звичкам, в побуті, в дорозі...
І за одне життя ми іноді не в змозі
Зробити це. А тут іще й війна.
Переламала, розгубила всіх вона.
Здавалося б, що цінувати будуть
В такі часи свої стосунки люди,
Та марно це. Розхристане життя:
Змагання, крики, тупе надуття...
Чому так важко на шляху земному
Відчути захват свого гумору у ньому?
Вже й «соцмережі» нам дали,
Щоб ми скоріш його знайшли.
Тому найважливіше для буття мирського,
Пильнуючи за простором, відчути того,
Хто зірветься без сумнівів з тобою у дорогу,
Й кохання швидкоплинне не замінить його,

Тому що спокій краще галасу любові,
Де все доводиться повторювати знову.
Невже без слів, зайвих емоцій, тихо
Складно вгадати поглядом,
А не ловити лихо?
Шукайте, стукайте,
Не гайте марно час,
А підготовкою до зустрічі цієї
І є життя, щоб вдосконалить нас.

* * *

Коти й собаки тут і там,
чоловіки й жінки...
Може поки що тут? І сам?
Ніж десь і аби з ким.

10:45–12:15 **03.02.2024**

No loneliness

Одиночество звенит как колокол порою,
Воет, рвёт провода какие-то в груди...
Вот интересно, есть последствия от этой боли?
Не убиваешь ли ты что-нибудь себе внутри?
От тех вибраций неестественных и горьких,
Когда вода, как из глаз клоуна, – струёй,
Ты не узнаёшь лицо своё, насколько
Сменилось отражение твоё – ведь сам не свой.
Потом легчает ненадолго, да. И отпускает,
Смеёшься снова, тебе кажется – прошло,
Живешь, мотаешься, никто не замечает,
И чувство юмора опять тебя спасло,
До очередной песни и мотива в точку,
Что автор слов и музыки в одном лице,
Нечаянно иль сам переживал те строчки,
А написал, как будто именно тебе.
Самодостаточный и трезвый, сильный, стильный
Бежишь со стержнем дальше, делая всё, всем...

И тут ком в горло вдруг вцепляется насильно
И хорошо, что рядом никого, совсем.
Во сне безмолвные фигуры обступают,
Вкладывая кучу безусловных тёплых чувств,
Как-то без рук и слов приятно обнимая,
Дают недостающее, что нужно тут.
Чтобы ты здесь держался крепче, дольше,
Творил, спасал, подталкивал огнём других,
Неся ту бескорыстность дальше, больше,
И сны свои, рассказывал о «них»...

21:00–23.40 **01.03.2024**

No eternity
(нет вечности в запасе)

Уговори свою планету,
Уговори меня найти!
Чтоб не угас мой лучик света –
Тепло тебе смог донести.
В небе летящие кометы
Стремятся раньше всех узнать:
Возможно ль звёздам сделать это?
Будут ли нас соединять?
Время земное ураганом...
Начни во сне меня искать!
Целую ночь и утром рано,
Чтобы успеть нам всё познать.
Не распыляйся на мгновенья,
Себя ты попусту не трать!
Ведь я уже ищу знаменья,
Начни меня хоть рисовать.
Уговори свою планету,
Уговори меня принять!
Я столько лет бродил по Свету,
Чтоб наконец тебя обнять.

08:00–09:00 **03.03.2024**

Why

Чому вівці із волами
Мліють перед тарганами?
Дивлячись, як ті пихато
Їм завжди руйнують хату,
Весело в хліву танцюють,
Чим усіх гіпнотизують, всю худобу,
Ще й собаки
Всіх жуків тих захищають...
Що, комахи краще знають,
Як в ладу жити ссавцям?
Треба зрозуміти там,
Що не може комашина
Взяти й замінити півня,
Бойового когута на нікчемне жабеня –
Більш нестись не будуть кури
Ні однісінького дня.

Було б смішно, якби тихо
Залицялась до слонихи
Зграя липких комарів –
Злих, розпусних бабіїв.

***

Сумно споглядати коням
З волі, трудячись у полі,
На цю дивну господарку,
Дурних звірів вічну сварку –
Хто в тім цирку головніший?
Жаби, таргани чи миші.

10:30–13:00 **10.02.2024**

No sense

От би позичку вам взяти...
Щоб найбільший банк надати
Її дуже стрімко зміг!
Вашій фірмі б допоміг на частини не розпастись –
Ви ж не будете з ним гратись?
Виконати всі умови треба буде!
Навіть в тому, що звільнить секретаря,
Бо ось доказ, що вона не одному вам лиш вірна,
Грає, що лиш вам покірна.
Пару ще вимог, моментів,
Господарських документів треба в банк той занести,
Щоб від краху вас спасти.
Що ви будете робити?
Правильно – мотузки вити буде й далі з вас вона:
Вигнала всіх охоронців, бо вона тут головна.
Тих женіть, хто доказ має, що вона постійно крала.
І несіть Ярмо те далі.

Хоч пожежа чи аврал, плюючи на персонал,
Що роками фірмі вірний,
Ви поводьтесь й далі дивно,
Вимагайте в банку гроші!
Не дадуть... Вам не поможуть...

* * *

Щоб нічого не згубити –
Марно не втрачайте й миті,
Бо отак бездарно в Світі
Нема сенсу тоді й жити.

14:30–16:45 **10.02.2024**

МАСКВА

No brain

Живете в своїй ви хаті?
На краю свого села?
Ви ж дорослі, треба знати –
Не робіть нікому зла!
Знак населеного пункту
Неможливо взяти в руки
І собі перенести, щоб на мапу нанести
До сусіднього села ваші з кумом два двора,
Бо так жити в ньому гарно, хтось колись казав.
Пора...
Би до нього приєднатись, адже жодного добра
Вам від рідної оселі.
Хіба ваша слобода хоч колись вам щось дала?
Та і селищний там голова – краще наших рази в два!
Після якого ж це зілля так отримати похмілля,
Щоб надумати таке рішення дурне й швидке?
Перегризтись всім в окрузі, ворогами стати друзям.

* * *

Лиш валіза й без вокзалів, спробували б ви спочатку,
Географію щоб не ламали – взяли і пожили далі
У сусідньому селі!
Краще там? А може ні?

17:00–18:40 **10.02.2024**

Gestalt
(все устаткується)

Всі процеси на землі
Чіткі дуже і прості,
Лиш до знаків приглядайся
Вздовж років ти у житті.
Зайвих слів й складних пояснень
Тут нема – лиш головне.
Байдуже до наших прагнень,
Все розставиться саме
Згідно з сяянням і спектром
Променів і хвиль «електро»,
Що вібрують у тобі.
Уяви лише собі,
Що клітиною на тілі
Кожен з нас є на Землі!
Крутиш просто в голові,
Що навколо всі гидкі?
Все оцінюєш крізь зуби?
Те саме й з тобою буде!
Ще й обличчя перекосить,
Злих багацько. Може досить
Як злоякісна клітина жити в плоті?
Бо тоді виріжуть чи опромінять

Нас небесні лікарі. Всіх,
Хто мешкає навколо; всій спільноті
Чи країні... Буде боляче усім –
І хорошим, і бридким!
Свій мурашник зсередини
Не руйнують, наче свині,
Злі мурахи за скарби
У примарних десь офшорах,
Оселитись щоб на морі...
Все одно на схилі літ
Іронічний свій привіт
Усвідомлення всіляких вчинків
Їм надішле. Й буде Звіт.
Розуміння в мозок вдарить:
Що й за що тебе так шкварить,
Відповідності і паралелі –
Все постукає у двері й закатає у асфальт.
І закриється гештальт.

***

Спокій. Зайві діалоги.
Споглядання. Поруч з Богом.
Кожна мить наче остання,
Всі клітинки у єднанні!

22:00–01:15 **30.03.24**

Whole Sheathed
(застебнутість)

Живемо в одній країні
У стражданнях від війни,
Хоч однакові і сильні,
Та страшні все одно ми.
Не цікаво, хто, що робить –
Із держави гроші смокче чи воює на «нулі»...
Ненависть аж скули зводить –
Один з одним такі злі!
Бо балакає не так хтось –
Окупантським «языком»,
Пісні слухає радянські,
Коли всі жили разом.
Тоді треба розбивати
Всі ті кляті жигулі,
Й мерседеси прибирати
З української землі,
Щоб на прадіда могилі
Не соромитись тобі.
Що, поляків не любити, бо кордони перекриті?
Принципові й зашкарублі, сидять злобно в своїй мушлі
Наскрізь вперті «мовофіли», без розбору – всіх на вила!

Ще й не факт, що добре знають! Суржиком і з помилками
Надриваються в любові,
Нашу рідну Україну люблять більш за нас усіх!
Або гірше – повно тих,
Кого щиро розпирає напускне їхнє позерство
В «пікселі» чи вишиванці забувають про братерство,
Зраджуючи Батьківщину з Мовою на язиці.
Тих, хто знав німецьку мову,
Партизани вище Львова
На руках, мабуть, носили,
Бо ті «язиків» водили
Й гітлерівців файно били, не сачкуючи ні дня.
Не любіць усіх беларусаў, бо напали звідтіля?
Заважатимуть ці мовні шори у розумного коня
Вивезти країну з пекла, бо горить наша земля...

* * *

З міста Тули, із притулку, на дитячому малюнку
Мила Маша Москальова, знаючи «фашистську» мову,
Заподіяла страшне –
Бридкі літери на «руском» написала: «Нєт войнє!»
І залишилась без батька...
Соромно «тєбє»? І «мнє»!

08.04.2024–10.04.2024

New anthem
(після війни на ту саму музику)

Дуже сильне в України прагнення до волі,
Нескінченна у віках її славна доля.
Чисті й щирі духом люди, як роса і сонце,
Браття всі, і вже пануєм у своїй сторонці.
Душу й тіло положили за нашу свободу,
І вже знає Світ, що ми – козацького роду!
Слава й воля не помре, як вороги на сонці,
Сходить, світить воно вже у наше віконце.
Душу й тіло положили за свою свободу,
Відстраждали, заслужили, показали вроду!

***

Човнику найважливіше,
Кораблем щоб стати швидше
І не гризли щури й миші, –
Назву мати найславнішу!
Хто ж йому її напише?

10:40–13:25 **12.02.2024**

Цирк при Зоопарке

Зодиакально-фаунистическая басня

Заранее приносятся извинения за возможные обидные сходства зодиака и аналогии вымышленного зверинца, ведь все животные, так или иначе, пострадали от событий под названием «ДогоВОР в XXI веке».

СОДЕРЖАНИЕ И ДЕЙСТВУЮЩИЕ МОРДЫ:

Нагломордый грязный Медведь с рыжим Койотом и их безрогий Лось, глупая, ленивая вкусная Свинья, Ослица безухая, неспешная Ласточка с белыми Трясогузкой и Аистом, основательный Кабан, перепуганный Фазан.

Всемогущие Белоголовый Орлан и Лев, уставшие от шума и гама в лесу. Скромные Петух, Ястреб и стая древних райских Птиц, уставшие от пары Ворон и псов бездомных в своей роще.

Серый Волк с Кегляном треплют Чаек.

Растерзавшие котят Шакалы с Гиеной против дикой Кошки, оказавшейся Пантерой, что озадачило даже Верблюдов.

Красный Варан с оранжевым Ужиком против Саламандры, жёлтой Игуаны и прочих ящериц.

Варан под ногами, но Слон пока в сторонке.

Лес оказался зоопарком, Смотрителю вновь придётся вмешаться...

Зодиакальные характеристики основных персонажей, раскрывающие фабулу:

Овен – Пантера. Всегда прав и всё тут, потому что сам знает, чего хочет, без толчков-раскачек, хоть оазис в пустыне со своим золотым руном, ни на кого не полагаясь. Сам всех может раскачать, если делать – то делать, хоть и трудно, до конца! Без зла, добродушен и беспечен, поэтому всегда окружен завистливыми врагами...

Телец – Белоголовый Орлан. Пафосный пижон. Кто не с ним – тот против него. Не любит утруждать других грязным и тяжёлым действом – держанием денег в руках, за них это сделает. Доходы, прибыль, выгода, принципы и честолюбие. Упёрто, всё для «своих», но порядочек должен быть...

Близнецы – Серый Волк. Буря в стакане смеха и слёз меж двух огней театра. Удивительно играя милого щеночка с нутром хитрого волчища. И нашим, и вашим, чтец и жнец, вечером клянущийся в одном, а утром – самолёт, дела, дела...

Рак – Петух и Ястреб. Уютно обустроившись в ракушке и окружив себя вкусностями, не замечает из-за плохого зрения и расслабленности паразитов на своём панцире, любящих его красивые и нежные деликатесные внутренности. Хотя стерильно-брезглив и усами всё ощущает...

Лев – Лев. И этим всё сказано. И он это знает, спокойно и тихо до поры, т.к. многим давно «царь» и «основатель» почётный. Благополучный покровитель и установитель изначальных порядков. «Соизволитель всемилостивейших повелеваний»...

Дева – Ласточка с белыми Трясогузкой и Аистом. Законопослушные, педантичные до зуда, неспешащие «соблюдатели» порядков, почитающие размеренное постоянство...

Весы – Свинья. С семью пятницами на неделе не знает, куда податься – к умным или красивым. Среди двоих – три начальника, при этом в грязи, но с перламутром и бриллиантами. Со внутренними противоречиями и носом на восток, задом к западу, а потом быстро наоборот, когда мухи допекут...

Скорпион – Варан. Древнейший паукообразный любитель себя с напускным ореолом тайного супермена. Скрытный мафиозный спецагент, постоянно везде плетущий паутину и размахивающий ядовитым хвостом. Огнедышащий хладнокровный дракон, поедающий даже себе подобных, иногда живыми...

Стрелец – Шакалы с Гиеной. Религиозный фанатик в дырявом рубище с единственно возможным правильным мнением – его. Допускающих иные мировоззрения этому лидеру нужно колоть своими стрелами. Он повернёт реки вспять и высокомерно поведёт всех глупых слепцов за собой, подкалывая и издеваясь над инакомыслием...

Козерог – Кабан. Не оглядываясь на голодные годы без клыков, в стремлении к уровню успешных зверей и прочих авторитетов круглосуточно пашет в поисках кореньев и запасается желудями. Лучше не мешать – кинется клыками на всех или будет высмеивать до их смерти...

Водолей – Медведь. Галантно с дуба рухнувший мастер художественного свиста, чем всех и завораживает, а многим нравится. Живущий как попало, но самый умный первооткрыватель и знаток всего, не только Тайги. С этим нигилистическим нежеланием даже знать о других и иной действительности постоянно влезает в капканы или пчелиный рой, когда ломится везде после спячки, думая, что проспал всё интересное и теперь очень опаздывает в жизни. Везде раздавая всем советы, как надо жить, себя при этом слабо обустроив. О существовании правопорядка и соблюдении законов не слыхал...

Рыба – Слон. Мудро, «не спеша посмотрим», «подумаем потом», «поглядим на перспективу», «как будет...». Аккуратно переступая, артистично обходя, грациозно виляя меж дерущимися, чтоб массой и древними знаниями никого не придавить, идя средь этой суеты, набрать водички носом про запас со звуком Ом в голове...

Змеенóсец – Койот с Лосем. Они как бы есть, но без Медведя их нет...

Вновь всё в лесу зашевелилось, засуетилось, понесло.
Уже в который раз спокойно жить им надоело,
Всем надо что-то поделить, кому-то что-то доказать,
Успешному соседу гадить – кайф, несомненно, получать,
Когда сам – гад.
А многие вокруг живут спокойно,
Сыто.
Ведь проще Им перевернуть корыто,
Чем свою травку подстригать.

* * *

Так вот, Медведю захотелось
Нежной свинины,
Вместо кореньев, голубики,
Спелой малины.
Отведать нагло с Койотом верным в два – три счёта
Налегке,
С помощью Лося без рогов, что зубром мнит себя
Во сне.

Ногу ей съел он на прошлой неделе
И не отравился,
Все озаботились, не придушили,
Чтоб подавился,
Пресекая кавардак, чтоб не повторилось так.
Ведь всем же можно обижать хилых фитофагов,
Коль ты с зубами.
Как Лев с Орланом лет уже двести правят нами,
И мы б хотели показать, что мы вторые
И не хуже,
Ведь разрешили нам это сделать
Варан и Ужик.

***

Красный Варан и его Ужик оголтелый
Оранжевый худой, но в плотном теле.
Ему снится удав мощный,
Всех разящий.
Варан же мнит себя драконом
Настоящим.
В самом деле...
Ему проверить лесной порядок этим нужно,
Чтоб Саламандру островную проучить дружно,
Хоть в чешуе она, весьма строптива –
Родня Варану тем не менее, на диво.

Ужик гадит Игуанам по-соседски,
Завидуя, конечно, их Орланскому богатству не по-детски.

* * *

На зимних играх после спячки разрешили
Давить свинью медведю
О, ну, или...
ЕГО останки подберёт Варан охотно,
Если заступятся всем Миром звери плотно
За глупую Свинью, что вечно в грязи рылась,
Заигрываниями и кокетством бед добилась.
Почти весь лес услышал крик и помогает,
Хотя она из грязи из своей не вылезает(
Милая Ласточка, белый Аист и Трясогузка
Мирно-тихо выручают, хоть и узко
У них с Медведем и Лосем безрогим,
Зато дружно
Кабан Свинье уж помогает, соседке – нужно.
Он наточил клыки за это время мощно,
То, что ЕЙ следовало делать денно, нощно.
Пара Ворон галдит в углу совсем небрежно,
Жуя кусочек падали медвежьей.

* * *

На это всё глядя, серый Волк и Конь игриво
Севанской Чайке чёрный хвостик отдавили,
Трепали славно под шумок лесного горя,
Ужас, отнять у славной птицы море.
За океаны разлетелись бедные Чайки,
Истошно воют, моря нет, их очень жалко,
Как и Фазана...
Без хвоста, всего боится,
Хвост у Медведя, Фазан дрожит, Медведь глумится.
Ослица без ушей своих днестровских
Уж тридцать лет ними не слышит,
Вывод – скотский!
Всем надоели его укусы, у всех раны,
А его терпят, травоеды...
Как бараны.
Дёгтем им мажет ручки дверей,
Травит полынью лучших зверей,
Стаи Малых птиц сбивает,
Постоянно угрожая.
Он им хаос, псов бездомных,
Петуху – жилетов жёлтых,
Как цыплят глупых, побольше,
Чтоб они жгли куриный двор
Сильнее и дольше.

* * *

И вот, под утро по аналогии медвежьей
Давят котят у спящей Кошки, как и прежде.
Шакал с Гиеной и толпа им очень рада,
Куски котят увидел лес – так им и надо!
Лисиц, гиен и много всяких псов
Медведь всех разбудил,
Залёг и был таков.
Хотелось, чтоб бурлило
В округе всё затем,
Чтоб про Свинью забыли –
«Потом её доем».
Но Кошка та Пантерой оказалась,
Ведь среди псов жила всегда
И развивалась...
Пошла давить собак не озираясь,
На Льва поддержку и Орлана опираясь,
Пустым Верблюдовым угрозам не внимая,
Ведь Лес расклад Добра и Зла-то понимает.

* * *

И как только стали бить –
Медведь сквозь зубы начал ныть,
Протестуя возмущённо, что начали ЕГО гнобить:
«Не имеете вы права этой Хрюшке помогать,

Её слабую приятней челюстями обнимать!»
Окорок не отпуская, слюнки продолжая лить,
Мясо нежное свиное всё ж пытаясь поглотить.
Разделились в Лесу звери –
К Айболиту одни ближе,
А другие – к Бармалею.

***

Уставшие от псов бездомных в своей роще,
Петух, Орёл и прочие не ропщут.
Медведя и шакалов давят вместе,
Как Лев и Белоголовый уж лет двести.
Должно б хватить им силы и терпенья,
Иначе Лес сгорит в одно мгновенье.
Еду им потихоньку уменьшают,
Лягушку варят медленно –
Все знают.
В голодный год они там явно сами
Перегрызут друг друга,
Небо с нами.
Ведь Лес этот – не лес совсем,
А Зоопарк.
Наивно думать,
Что там можно гадить так.

Слон вообще пока стоит в сторонке,
И много птиц беспечных поют звонко,
Наверно, умно, как всегда, предполагая,
Что жизнь в Зверинце этом –
Есть движенье к Раю.
Животные мудрые лишь понимают,
Что есть Смотритель в Цирке этом,
ОН ВСЁ ЗНАЕТ...

22:00–02:45 **16.11.2023**

Цирк при Зоопарку

Зодіакально-фауністична байка

Заздалегідь приносяться вибачення за можливі образливі зодіакальні подібності та аналогії вигаданого звіринця, адже всі тварини, так чи інакше, постраждали від подій під назвою «ДогоВІР у XXI століття».

ЗМІСТ ТА ДІЙОВІ МОРДИ:

Нагломордий брудний Ведмідь з рудим Койотом та їхній безрогий Лось.

Дурна, лінива смачна Свиня, Ослиця безвуха, неспішна Ластівка з білими Трясогузкою та Лелекою, ґрунтовний Кабан, переляканий Фазан.

Могутні Білоголовий Орлан і Лев, втомлені від шуму та гаму в лісі. Скромні Півень, Яструб і зграя стародавніх райських Птахів, що втомилися від пари Ворон і безпритульних псів у своєму гаю.

Сірий Вовк із Кегляном скубуть Чайок.

Шакали з Гієною проти дикої Кішки, яка виявилася Пантерою, що спантеличило навіть Верблюдів.

Червоний Варан з помаранчевим Вужиком проти Саламандри, жовтої Ігуани та інших ящірок.

Варан під ногами, але Слон поки що осторонь.

Ліс виявився зоопарком, Доглядачеві знову доведеться втрутитися...

Зодіакальні характеристики основних персонажів, що розкривають фабулу:

Овен – Пантера. Завжди правий і все тут, тому що сам знає, чого хоче, без поштовхів та розгойдування, хоч оазис у пустелі зі своїм золотим руном, ні на кого не покладаючись. Сам усіх може розгойдати, якщо робити – то робити, хоч і складно до кінця! Без зла, добродушний і безтурботний, тому завжди оточений заздрісними ворогами...

Тілець – Білоголовий Орлан. Пафосний піжон. Хто не з ним – той проти нього. Не любить турбувати інших брудним і важким дійством – триманням грошей у руках, за них це зробить. Доходи, прибуток, вигода, принципи та честолюбство. Уперто, все – для «своїх», але порядочок має бути...

Близнюки – Сірий Вовк. Буря в склянці сміху і сліз між двох вогнів театру. Дивно граючи миле цуценя з нутром хитрого вовчища. І нашим, і вашим, читець і жнець, що ввечері клянеться в одному, а вранці – літак, справи, справи...

Рак – Півень та Яструб. Затишно облаштувавшись у мушлі й оточивши себе смаколиками, не помічає через поганий зір і розслабленість паразитів на своєму панцирі, що люблять його вродливі та ніжні делікатесні нутрощі. Хоча стерильно-гидливий і вусами все відчуває.

Лев – Лев. І цим все сказано. І він це знає, спокійно й тихо до певного часу, оскільки багатьом давно «цар» та «засновник» почесний. Благополучний покровитель та установник початкових порядків. «Дозволитель наймилостивіших наказів»...

Діва – Ластівка з білими Трясогузкою та Лелекою. Законослухняні, педантичні до сверблячки, неспішні «дотримувачі» порядків, які шанують розмірену сталість.

Терези – Свиня. З сімома п'ятницями на тижні не знає, куди податися – до розумних чи вродливих. Серед двох – три начальники, при цьому у бруді, але з перламутром і діамантами. З внутрішніми суперечностями та носом на схід, задом на захід, а потім швидко навпаки, коли мухи допечуть...

Скорпіон – Варан. Найдавніший павукоподібний любитель себе з напускним ореолом таємного супермена. Прихований мафіозний спецагент, що постійно скрізь плете павутину і розмахує отруйним хвостом. Вогнедишний холоднокровний дракон, що поїдає навіть собі подібних, іноді живими...

Стрілець – Шакали з Гієною. Релігійний фанатик у дірявому одязі з єдино можливою правильною думкою – його. Тих, хто допускає інші світогляди, цьому лідеру потрібно колоти своїми стрілами. Він поверне річки назад і зарозуміло поведе всіх дурних сліпців за собою, підколюючи і знущаючись з інакодумства...

Козоріг – Кабан. Не оглядаючись на голодні роки без іклів, у прагненні до рівня успішних звірів та інших авторитетів цілодобово оре в пошуках коріння і запасається жолудями. Краще не заважати – кинеться іклами на всіх чи висміюватиме до їх смерті...

Водолій – Ведмідь. Майстер художнього свисту, що галантно падає з дуба, чим усіх і зачаровує, а багатьом подобається. Живе абияк, але найрозумніший першовідкривач і знавець усього, не лише Тайги. З цим нігілістичним небажанням навіть знати про інших та іншу реальність постійно влазить у капкани чи бджолиний рій, коли ломиться скрізь після сплячки, думаючи, що проспав усе цікаве і тепер дуже спізнюється в житті. Скрізь роздаючи всім поради, як треба жити, себе при цьому облаштувавши слабо. Про існування правопорядку та дотримання законів не чув...

Риба – Слон. Мудро, «не поспішаючи подивимося», «подумаємо потім», «поглянемо на перспективу», «як буде...». Акуратно переступаючи, артистично обходячи, граціозно виляючи між тими, що б'ються, щоб масою і стародавніми знаннями нікого не придавити, йдучи серед цієї суєти набрати води носом про запас зі звуком Ом в голові...

Змієносець – Койот з Лосем. Вони ніби є, але без Ведмедя їх немає...

Заметушилось все у лісі, понеслося.
Так кожні років сто трапляється і знов,
На цей раз клишоногому не спиться,
Ведмідь у Лісі з розуму зійшов.
Усім по лісу хоче довести,
Що краще він, як не крути.
На сказ хворіли звірі вже подібний,
Брунатний Яструб років сто назад
Напав на всіх, мов виродок негідний
І, схоже, заразив ведмедя, гад.
Хоча він був зарозумілий завжди,
Нахабний і пихатий з усіма,
Дурна лінива свинка ж загравала
З сусідами навколо багатьма.
Їй від нього б відповзти,
Як Кабан, і залягти.

Готуватись, тренуватись,
А не стегна виставляти.
Домовлялися ж не їсти
Всіх слабкіших, бо вони
Зняли роги і клики,
Щоб сильніші, справедливі
Захищали що є сили.
Заздрить став Орлану «Міша»
І нічого вже «не слышит»,
Наче в вулик він поліз
Тероризувати Ліс.
З'їв їй ногу нещодавно і сподобалося, славно.
Так живе свиня кульгава, і нікому не цікаво,
Кожен зайнятий своїм, нема діла
А річ в тім, що така кулінарія
Хижим звірям дуже мила.
Кожен почав споглядати,
Що б у кого відірвати?

* * *

Стародавній Варан хижо
Зачекався уже їжі,
Ящірку він пiджидає про запас,
Не нападає, бо реакції чекає
На події, що у лісі

Нещодавно почалися.
З'їсти може він усе,
Коли ворог пропливе...
Залюбки він поласує ким завгодно,
Лиш би можна.
Є у нього Вуж підручний,
Божевільний – обом зручно.
Він цькує ним Ігуану,
Підкидають їй гуано,
Щоб не жилось краще їй
Серед інших плазунів.
Знюхалися хижі звірі,
Ґвалт у Лісі замутили.
Дав Дракон йому добро
Свинці вийняти нутро.
І Ведмедя понесло,
Дах його давно знесло,
Всім в окрузі докучає,
Птахам пір'я вириває,
В білок дупла відбирає,
А навіщо? Він не знає.
Щоби величчю гриміти,
Замість лапи й морду мити.
Стриматися він не зміг,
Бо в барлозі не заліг.
Замість смачного дрімання,

Вийшовши на полювання.
А Варанові байдуже,
Лиш собі він вірний друже,
І за підсумком цього
Він подивиться, кого
Йому можна проковтнути,
Хоч ведмедя... все одно.
Також підняли Шакалів
І Гієну, щоб не мало
Було смерті в Лісі цьому,
Так і сталося по тому:
Розбудили Кішку всі.
Кошенят їй уночі
Подавили, хоч кричи,
А вона тихенько спала,
Біль Свині не помічала.
Думала якось саме
Пройде мимо все, проте...
Вже Пантеру не спинити,
Всі собаки будуть вбиті.
Вовк з Конем під цей шумок
Чайці свій дали урок –
Схил у неї відібрали,
Щоб не вила там гніздо.

***

Левиця і Орлан білоголовий
Тримають у порядку Ліс давно,
«In God they trust», ви ж знаєте, як кажуть,
Їм повноваження дано.
От і стали помагати,
Щоб не лізти в те лайно,
Нехай самі розберуться
В кого, де, чиє майно.
Звісно, Свинці треба дати,
Щоби сил рівно було,
Хоч стару якусь рушницю –
Захищатись все одно.
Схаменулися усі,
Допомогу шлють Свині.
Ластівка і Трясогузка,
І Лелека хоч мотузку
Намагаються подати,
Щоб Ведмедя пов’язати.
Хоч Свиня кричить, волає,
Бруд по Лісу розкидає,
Та поблажливо сусіди
У майбутнє її вірять.
Півник з Яструбом залізних
Гострих цвяхів підкидають,
Інші пташки з того гаю

Хоч піснями помагають,
Окрім двох ворон гидких –
Всі відвернуться від них...
Ікла Вепр передає,
Хто що може вже дає,
Бо прекрасно розуміють:
«В цьому Лісі – все моє!»
Так зійшов з ума Ведмедик,
Не віддати щоб й своє
У майбутньому, що є...
А якби Пантера впала,
То поїли б геть усе...

* * *

Зрозумів, що обложили,
Будуть бити прям по рилу,
Кігті й зуби виривати,
По руках, ногах в'язати.
Щоб надалі, на майбутнє,
Не кортіло більше трутню
Лазити по пасіках
Та по копаних грядках.
Він – погрози! Всім навозу
Обіцяє накидать, тим,
Що мешкають поближче –

Флору й фауну подрать.
Та притих через хвилинку,
Домовлятись хоче стрімко,
Перемир'я пропонує,
Тільки воно всіх дратує,
Бо і вирізку й окіст
Залишає, куций хвіст!
Не дурний цей вайлуватий,
З'їсти всіх і не страждати.
Та впилися майже всі
Поміж ніг і на спині.
За Ведмедем Лось безрогий
Волочився всю дорогу.
Начебто незрозуміло,
Що й до нього буде діло,
Бо веде все це в облогу.

* * *

Дуже довго Ведмежатам
В цьому Лісі вибачатись,
Та вони іще маленькі,
Жруть свинину потихеньку,
Держать гузно Фазана,
Смокчуть вуха Віслюка,
А Койот от-от зірветься

З золотого повідка.
От тоді все і почнеться –
Пісня його гомінка.
Та й Варан до їх колиски
Підібрався дуже близько,
Не второпать ведмежатам –
Починає їх кусати:
Капає отруйна слина,
Мацає язик зміїний.
Без луски, що в Саламандри,
Він усохне, бо все марно.
Тільки Слон собі дрімає
Посеред своїх ланів,
Діла до всього не має
У краю святих корів.
Всі трощать, ламають Ліс,
Хто б їм спокій вже приніс?

* * *

Може хтось не розуміє,
Живе в Світі як той квач,
Що, створивши все у Лісі,
Споглядає Доглядач
За Тваринами, їм флору
Садить всюди у гаю,
Сонце, дощ, любу погоду
Робить всім, як у Раю.
Тільки мало хто цінує
Дивну красоту небес,
Уві сні лише хіба що,
На хмаринках може десь...

20.11.2023

Never
(«никада»)

Ніколи не було тої країни.
Ні Орликів, ні Ярославівни, ні Роксолан...
Не визволяли із кайданів, як і нині,
Антимосковський поетичний наш талант?
З яким Григорович наказував зібратись,
Не житі в мушлі, де тепленько лиш тобі,
А купі гетьманів країну поєднати,
Бо роздеруть її, й не тільки москалі!
Їм ненависна мова ні на мить не помирала,
Навіть в Радянському Союзі, навпаки,
Бабусь своїх пісні я гарно пам'ятаю,
Кіно було і радіо, й книжки.
Тому «поработітєлі нє дрємлют»,
Тепер удруге із Орди Батий попер
О п'ятій ранку, як Адольф прогриз нам землю,
Знав би Сікорський – не робив гелікоптер!

Вони ледь встигли, бо назавтра б ми напали,
Маленькі, мирні і роззброєні давно,
Загарбники відомі, бо нам мало...
І більшість чомусь тішить те лайно.
Тут їм не там, де морозильник у пельменях,
Обожнюють більш нас наші борщі
І сала би хотіли повні жмені,
А не оті всі кислі їхні ЩІ.
Хоча нема тебе, придуману країну
Ти борони! Навалу відбивай.
Міста і села, воду України
Ніколи ворогам не продавай!
Якщо там стукає у серці твоїм щось,
Щоб не залишитись «окраїной» чогось.

***

Бо і на картах, навіть тих, що вже згнили,
Шукаєш поглядом і радісно знайдеш
Ті рідні літери, що Києвом завжди були!
Ну, як ти візьмеш і тепер помреш???

10:15-13:15 **06.04.2024**

ЗМІСТ

Художньо-літературне видання

Автор Дмитро Грузінський

Художник Андрій Петренко

Українське «БУДЕННЯ» 22–24

Поетична збірка
лірико-публіцистичних творів

В авторській редакції

Коректорка Алла Соколова

http://www.dgruzinsky.com/

ISBN 978-966-981-889-8

Підписано до друку 02.04.2024.
Формат 60x84/16. Папір офсетний.
Друк цифровий. Ум. друк. арк. 4,88.
Наклад 200 пр. Зам. № 57.

Примірник № 1

Видавництво та друкарня ПП «Ліра ЛТД».
вул. Наукова, 5, м. Дніпро, 49107.
Свідоцтво про внесення суб'єкта видавничої справи до Державного реєстру видавців, виготовлювачів та розповсюджувачів видавничої продукції
ДК № 6042 від 26.02.2018.